Die Wahn-Wache

**In deutscher Übersetzung liegen folgende
Theaterstücke von Jean-Pierre Martinez vor:**

Die Touristen
Vier Sterne
Freitag, der 13.
Strip Poker

JEAN-PIERRE MARTINEZ

Die Wahn-Wache

Übersetzung: Guy Sagnes

La Comédiathèque
comediatheque.net

Personen

Navarrin, Kommissar [M/W]
Bordeli, Inspektor [M/W]
Conchita Ramirez, Kommissar [M/W]
Delatruffe, Abteilungsleiter [M/W], Polizeipräsidentin
Franck Masquelier, Dramaturg und Baron de Casteljarnac
[M/W als Transvestit]
Margarita, Baronne de Casteljarnac [W/M als Transvestit]

Französischer Originaltitel: Flagrant Délire

© La Comédiathèque
ISBN 978-2-37705-870-9

Akt 1

Ein altmodisches Büro in einer altmodischen Polizeistation. Grundlegende und veraltete Möbel. Inspektor Bordeli schnarcht ausgestreckt hinter einer Flasche Whisky. Kommissar Navarrin trifft ein. Ohne Bordeli anzusehen, zieht er seinen Regenmantel aus, den er an eine Garderobe hängt. Er geht zu dem anderen Schreibtisch und beginnt, eine Zeitschrift für Rentner von Full Life *oder* Our Time *zu lesen, in der er sich mit einem bedrückenden Thema befasste (Ruhestand und Depression oder Bestattungsabkommen: Schnäppchen). Offensichtlich nicht an diese Art des Lesens gewöhnt, zeigt er sich skeptisch. Das Festnetztelefon eines anderen Zeitalters, das auf seinem Schreibtisch steht, beginnt zu klingeln. Bordeli taucht langsam aus seiner Erstarrung auf. Navarrin nimmt ab.*

Telefon.

Navarrin – Navarrin, ich höre... Hallo Herr... Nein, Kommissar Ramirez hat uns leider verlassen...

Polizeipräsidentin Delatruffe betritt das Büro mit einem Kranz mit der Aufschrift „Für unseren verstorbenen Kollegen und Freund".

Navarrin (*mit einem Blick in Richtung Kranz*) – Ja, das ist definitiv der Fall... Nein, er hat mir in dieser Angelegenheit nichts erzählt, bevor er gegangen ist... Richtig, er hatte keine Zeit... Kein Problem, Sie können jederzeit bei uns vorbeischauen.

Navarrin legt auf. Delatruffe lehnt den Kranz gegen Navarrins Schreibtisch.

Delatruffe – Hallo Navarrin.

Bordeli – Frau Polizeipräsidentin...

Delatruffe wirft Bordeli einen tadelnden Blick zu, der langsam aufwacht.

Delatruffe – Inspektor...

Navarrin (*lesen*) – „Für unseren lieben Freund und Kollegen, den wir sehr vermissen werden". Och! Delatruffe. Sie sind verrückt. Das wäre nicht nötig gewesen... Schließlich gehe ich nur in Pension...

Bordeli steht auf und unternimmt einige unsichere Schritte.

Delatruffe – Ach! Navarrin... Er ist doch für unseren verstorbenen Kollegen Ramirez... Die Beerdigung war heute Vormittag und wir mussten eine Beileidsbekundung abgeben.

Navarrin – Ah richtig, Ramirez... Heute früh? Und da haben Sie den Kranz wieder mitgebracht?

Bordeli nähert sich dem Kranz und legt seine Hand darauf.

Bordeli – Der ist nicht echt, oder?

Navarrin – Ah ja, aber er ist gut imitiert...

Delatruffe – Ja, der Vorteil bei künstlichen Blumen ist, dass sie ewig halten. Genau wie unser Bedauern. Wir können es daher mehrmals verwenden...

Navarrin – Ja! Und es keinen Namen auf der Schleife... wie praktisch...

Delatruffe – Wie Sie wissen, wurde das Polizeibudget auch in diesem Jahr wieder drastisch gekürzt, um den katastrophalen Staatshaushalt Frankreichs auszugleichen.

Navarrin – Falsche Trauerkränze... Also, ich denke, es wird Zeit, dass ich die Polizei verlasse. Am Ende bekommen wir noch falsche Schusswaffen und gefälschte kugelsichere Westen.

Bordeli (*murmelt*) – Solange ich echten Whisky trinken darf...

Bordeli versucht, seine Flasche zu verstecken. Delatruffe sieht ihn genervt an, zieht es jedoch vor, nichts zu erwähnen.

Delatruffe – Also, Navarrin, das ist Ihr letzter Arbeitstag! Sind Sie denn bereit für Ihren Ruhestand?

Navarrin (*zeigt seine Zeitschrift*) – Nun ich bin momentan gerade dabei mich etwa zu informieren. Aber ganz ehrlich bring es mich ehe dazu, mich umbringen zu wollen.

Delatruffe – Oh Gott! Ich verstehe Sie nicht, Navarrin! Sie sind doch noch jung. Sie könnten gut und gern noch ein paar Jährchen bei uns bleiben. Warum meinen Sie, Sie müssen sich unbedingt in den Ruhestand begeben, wenn Sie doch Angst davor haben, sich dort zu Tode zu langweilen?

Navarrin – Langweilen Sie nicht Ihr Publikum, Delatruffe... (*Ironisch*) Ich ziehe es vor, an der Spitze meines Ruhms zu gehen...

Sein Telefon klingelt wieder.

Navarrin – Navarrin, ich höre! Guten Morgen, Herr Direktor... Ja. Sehr gut, Herr Direktor... Danke, Herr Direktor... Auf Wiederhören, Herr Direktor... *(Er legt auf)* Es war Herr Direktor...

Delatruffe – Um Ihnen persönlich zu diesem wohlverdienten Ruhestand zu gratulieren, nehme ich an.

Navarrin – Vor allen Dingen wollte er sicherstellen, dass ich morgen früh nicht hier bin... und, dass ich keine kompromittierenden Dateien mitnehme.

Bordeli – Kompromittierende für wen?

Navarrin – Und Delatruffe? Haben Sie mir noch irgendetwas zu sagen, irgendein letzter wichtiger Auftrag bevor ich gehe?

Delatruffe – Nein, Navarrin, das verspricht ein ruhiger Tag zu werden. Sie haben also ausreichend Zeit, um Ihre Kartons da zu packen.

Navarrin steht auf und nimmt der Kranz.

Navarrin – Nun dann werde ich einmal damit beginnen, diese Blumen in die Asservatenkammer zu bringen. Wartend auf ein Moment, sie wieder an die frische Luft wieder holen zu können.

Bordeli – Ja, sonst könnte man auch denken, dass Sie es sind, der beerdigt wird...

Delatruffe – Wann ist seine Abschiedsfeier?

Bordeli – Nach dem Dienst. Um achtzehn Uhr...

Delatruffe – Sehr gut... Und Sie haben ihm noch nichts verraten? Sie wissen, es muss eine Überraschung werden.

Bordeli – Ja! Grundsätzlich ahnt er nichts. Aber seien wir ehrlich, können wir einem großen Polizisten wie Navarrin wirklich etwas verheimlichen?

Delatruffe – Und was ist mit dem Umtrunk? er ist hoffentlich alkoholfrei? Sie kennen die neuen Verordnungen.

Bordeli – Seien Sie versichert, Frau Polizeipräsidentin. Ich trinke nie außerhalb der Dienstszeit... Ich habe den echten Champagner durch Champomy ersetzt.

Delatruffe – Ah, Champomy. Ja, sehr gut, ausgezeichnet. Der schmeckt akzeptabel und ist viel billiger. Sagen Sie, wo haben Sie die Flaschen versteckt, damit er sie nicht findet? Hoffentlich nicht in der Asservatenkammer.

Bordeli – Nein! Ich habe sie kaltgestellt. An einem Ort, wo er sie bestimmt nicht suchen wird.

Delatruffe – Ja, aber wo?

Bordeli – Im Kühlraum, in der Leichenhalle.

Delatruffe – Sehr gut, eine sehr aufgefallene Idee Bordeli... Gut, dann lasse Sie mal weiter arbeiten. Wobei, im Moment scheinen Sie mir nicht ganz ausgelastet zu sein. Ich schlage daher vor, dass Sie dieses Bordell... Äh, Entschuldigung - ich meine dieser Saustall hier aufräumen, Bordeli.

Bordeli – Ja, Frau Polizeipräsidentin.

Delatruffe – Der Staatsanwalt wird heute Nachmittag an der Verabschiedung von Navarrins teilnehmen. Ich möchte nicht, dass er einen falschen Eindruck gewinnt.

Bordeli – Natürlich, Frau Polizeipräsidentin.

Bordeli – Mein Gott! Es ist, als ob ich meine Mutter höre: Räume dein Zimmer auf Bordeli...

Conchita Ramirez kommt und wirft einen Blick auf Bordeli, der gerade einen Whisky trinkt, um sich in Schwung zu bringen.

Bordeli – Definitiv gibt es keine Möglichkeit, fünf Minuten lang seine Ruhe zu haben.

Conchita – Tut mir leid, Sie bei der Arbeit zu stören...

Bordeli – Das nächste Mal, meine Liebe, müssen Sie sich erstmal bitte am Eingang melden. Was kann ich für Sie tun?

Conchita – Ich bin Kommissar Ramirez.

Bordeli – Wenn Sie Kommissar Ramirez sind, bin ich Schwester Emmanuelle.

Conchita – Oh! Es tut mir leid, Schwester. Ich dachte, Sie wären ein Polizist.

Bordeli – Hören Sie, Kommissar Ramirez ist tot. Wir haben ihn heute Morgen unter die Erde gebracht.

Conchita – Ja...Ach, übrigens habe ich Sie nicht in der Kirche gesehen.

Navarrin kommt mit dem Kranz zurück.

Navarrin – Also in der Asservatenkammer ist kein Platz mehr. Aber es wird bestimmt besser, nachdem ich meine Sachen mit nach Hause genommen habe... Ich hatte sie dort zwischenzeitlich gelagert...

Er stellt den Kranz vor dem Hintergrund auf den Boden und schaut zu Conchita.

Navarrin – Mademoiselle, was kann ich etwas für Sie tun?

Bordeli – Ja, diese junge Person behauptet, Sie werden lachen, Kommissar Ramirez zu sein.

Navarrin – Also bis jetzt habe ich nicht an Reinkarnation geglaubt. Aber wenn das wahr ist, dann haben Sie was gewonnen. Ich meine Kommissar Ramirez als wir ihn das letzte Mal sahen, hatte er viel weniger Sexappeal als Sie, glauben Sie mir.

Bordeli – Unter uns nannten wir ihn Quasimodo...

Delatruffe kehrt zurück.

Delatruffe – Ah, Kommissarin, sind Sie schon da? Wie schön. Also, darf ich Ihnen Frau Kommissarin Conchita Ramirez vorstellen. Sie ist die Tochter unseres verstorbenen Kollegen Ramirez, den wir heute Morgen mit Bedauern der Erde übergeben haben.

Navarrin – Nein!

Bordeli – Ja, wo Sie es sagen... Es ist wahr, dass es eine deutliche Familienähnlichkeit zu erkennen...

Navarrin geht zu Conchita, um sie zu begrüßen.

Navarrin – Kommissar Navarrin. Mein Beileid... Es tut mir sehr leid, dass ich heute nicht an der Zeremonie zu Gegend sein konnte, aber es ist mein letzter Tag im Haus, und...

Delatruffe – Genau, Navarrin, ihr letzter Arbeitstag. Ach da fällt mir ein, ich habe ganz vergessen Ihnen zu sagen, dass Frau Ramirez von nun an Ihren Platz an diesem Schreibtisch einnehmen wird. An diesem Schreibtisch, den Sie seiner Zeit schon mit ihrem Vater geteilt haben.

Navarrin – Also wenn es eine Familienangelegenheit ist, dann...

Delatruffe – Nein, das nennt sich Transformation. Ein Beamter kommt, wenn zwei Beamte gehen, entweder in den Ruhestand oder auf den Friedhof. Sie kennen das Lied...

Navarrin – Also, Frau Ramirez wird uns beide ersetzen...

Delatruffe – Ich bin sicher, diese junge hoch qualifizierte Kollegin ist durchaus in der Lage, zwei erfahrene Polizeibeamte zu ersetzen. Na ja, wenn man natürlich einen Kommissar Navarrin niemals wirklich ganz ersetzen kann.

Navarrin – Wie der Dichter sagt... Den Frauen gehört die Zukunft.

Conchita – Vielen Dank für diesen herzlichen Empfang...

Delatruffe – Ja und Sie kommen mit mir jetzt bitte in mein Büro mit. Ich habe noch ein paar Unterlagen wegen der neuen Stelle, die sie mir unterschreiben müssen. Ach, Navarrin, wenn Frau Ramirez zurückkommmt, dann weisen Sie sie bitte in die aktuellen offenen Fälle ein. Ja?

Navarrin – Aber mit dem größten Vergnügen, Frau Polizeipräsidentin.

Conchita – Und vielen Dank für den Kranz, er hat mich sehr berührt.

Bordeli bemüht sich, der Kranz abzudecken, indem er sich davor stellt.

Delatruffe – Ihr Vater war ein großartiger Polizist, er starb im Dienste Frankreichs. Hier entlang.

Delatruffe geht mit Conchita raus.

Bordeli – Im Dienste Frankreichs... Er starb in der Mittagspause im Restaurant, als er sich an einer Muschel verschluckte...

Navarrin – Die Frage ist doch, was zur Hölle macht dieses Muschelchen hier? Ein Polizist ist kein Notar. Wir übertragen nicht die Verpflichtung vom Vater auf den Sohn weiter. Oder?

Bordeli (*mit Nachdruck*) – Vielleicht wollte die Tochter die Fackel aufheben, die der Vater im Sturz hat fallen lassen...

Navarrin – Whiskey macht Sie theatralisch, Bordeli. Aber Sie haben recht. Tot im Dienste Frankreichs... Wenn Sie deswegen morgen an einer Leberzirrhose sterben, erhalten Sie posthum den Orden der Ehrenlegion für Ihren Beitrag zur Alkoholsteuer.

Bordeli – Ich bin mir nicht sicher, Boss. Es ist Schmuggelwhisky. Ein Vorrat gesammelt bei einer Beschlagnahme an der spanischen Grenze.

Navarrin (*ironisch*) – Wenn die Spanier anfangen, Whisky zu produzieren, ist nicht nur die Globalisierung in Bewegung. Das Ende der Welt ist nahe, glauben Sie mir.

Bordeli – Sie haben recht, Boss. Auch ich sehe seit einiger Zeit frühe Warnsignale für eine bevorstehende Apokalypse. Seien Sie doch mal ehrlich, es ist wahr, dass es nicht üblich ist, durch Verschlucken einer Muschel zu sterben. Ich würde sogar noch mehr sagen, es ist skurril.

Navarrin – Skurril? Was meinen Sie damit, Bordeli? Sie werden wohl nicht mit einer Verschwörungstheorie kommen. Haben Sie einen Grund zu einem Verdacht, dass die Zunft der Austernzüchter der Polizei etwas antun will?

Bordeli – Wenn schon Muschelzüchter, Chef. Austernzüchter sind eben für Austern.

Navarrin – Gut. Ich höre.

Bordeli – Dies ist das Szenario, das ich sehe: Das Mädchen hat nie an die These des Unfalls geglaubt... und um diese Angelegenheit zu klären, wird sie an derselben Polizeistation wie ihr Vater am Tag seiner Bestattung eingestellt.

Navarrin – Was lässt Sie das denken, Bordeli?

Bordeli – Ich weiß nicht... Ich habe das schon in einer Krimiserie gesehen.

Navarrin – Ich habe es Ihnen schon gesagt, Bordeli. Sie sehen zu viel fern. Übrigens, ich hoffe, Sie haben keine Überraschungsfeier für mich organisiert. Ich warne Sie, ich hasse Überraschungen. Und es gibt nichts Ähnlicheres als eine Beerdigung und einen Abschiedsumtrunk...

Bordeli – Seien Sie versichert, Kommissar, Ihre letzten Wünsche werden berücksichtigt. Sie werden ohne eine Blume oder ein Kranz gehen...

Ramirez kehrt zurück.

Navarrin – Ah, Kommissar Ramirez... Gerade haben wir uns Ihren verstorbenen Vater in Erinnerung gerufen.

Bordeli – Und die heroischen Umstände seines Todes.

Navarrin wirft ihm einen vorwurfsvollen Blick zu.

Conchita – Ich sehe nur zwei Arbeitsplätze... Wohin soll ich mich setzen?

Navarrin – Für heute müssen wir uns meinen teilen. Aber morgen wird er ganz für Sie sein, seien Sie versichert.

Bordeli – Offensichtlich muss er ein bisschen geputzt werden, Conchita...

Conchita – Wenn es Ihnen nichts ausmacht, Inspektor, nennen Sie mich lieber Kommissarin Ramirez.

Bordeli – Natürlich, Frau Kommissar Ramirez.

Sie nähert sich dem Navarrin-Schreibtisch

Conchita – Sie haben keinen Computer?

Bordeli (*nachahnend*) – Sie haben keinen Computer?

Navarrin – Es lohnt sich nicht. Ich bin ein altmodischer Bulle... Als ich meine Karriere begann, waren neue Technologien der elektronische Taschenrechner und der Bildschirmtext.

Conchita – Ich verstehe.

Navarrin – Ich gehe heute Abend. Es lohnt sich nicht mehr, meine Arbeitsweise zu ändern...

Conchita – Ich werde Latruffe bitten, mir einen Desktop-Computer zu suchen.

Bordeli – Der korrekte Name von Madame Polizeipräsidentin ist Delatruffe. Sie ist sehr an ihre Adels-Partikel gebunden.

Navarrin – Wollen Sie einen Kaffee

Bordeli – Es sei denn, Madame bevorzugt einen Tee... (*Er funkelt Sie an*) Ich meine, Kommissar Ramirez.

Conchita – Kaffee ist perfekt.

Navarrin nähert sich einer alten Kaffeemaschine und serviert ihr in einer Tasse mit lächerlichem Design, die er ihr wie das heilige Sakrament übergibt.

Navarrin – Hier, dies ist die Diensttasse Ihres verstorbenen Vaters... Ich denke, er wäre stolz darauf gewesen, sie an Sie weiterzugeben, wenn er die Zeit gehabt hätte.

Conchita – Danke... Ich werde versuchen, ihn in Ehre zu halten.

Navarrin – Bordeli, ein Kaffee?

Bordeli – Ja, gerne. Mit einem Süßstoff und einer Milchwolke, bitte...

Navarrin bedient auch Bordeli. Sie alle trinken einen Schluck Kaffee und verziehen das Gesicht.

Navarrin – Wenn Sie meine Meinung wissen wollen, Ramirez, wäre es eine echte Polizeireform, alle Polizeistationen mit Espressomaschinen auszustatten.

Bordeli gießt einen Tropfen Whisky in seinen Kaffee. Welches Conchita nicht entgeht.

Conchita – Ja... und warum nicht Alkoholtester...

Verlegene Stille. Sie trinken ihren Kaffee aus. Baronin Margarita de Casteljarnac betritt den Raum.

Margarita – Kommissar Navarrin?

Navarrin – Bis heute Abend, ja.

Margarita – Herr Kommissar, ich bin leider hier, weil ich Ihnen vom Tod meines Mannes unterrichten muss.

Bordeli – Es sieht so aus, als ob das Geschäft von Neuem beginnt...

Navarrin – Aber bitte setzen Sie sich.

Margarita setzt sich.

Navarrin – Wenn Sie mir zuerst erzählt würden, wer Sie sind, liebe Frau.

Navarrin bedeutete Bordeli, sich ihm zu nähern, um ihm zu helfen.

Bordeli – Nachname, Vorname, Alter, Qualifikationen... Wenn Sie welche haben.

Navarrin sieht ihn missbilligend an, während Margarita ihn anstarrt.

Navarrin – Mangels Qualifikationen reicht Ihr Beruf für uns aus.

Margarita   – Baronin Margarita, Isabella, Eloise, Françoise, Catherine de Neuve de Casteljarnac. Die Fünfte des Namens.

Navarrin merkt, dass Ramirez einzugreifen versucht.

Navarrin – Aber bitte, Frau Kommissar, wenn Sie sich uns gesellen möchten?

Conchita (*stellt sich Margarita vor*) – Conchita Ramirez, Kommissarin der Republik. Die Fünfte des Namens...

Bordeli – Alter, Qualität... oder Beruf?

Margarita – Mein Alter geht Sie mit Verlaub überhaupt nichts an, und darüber hinaus wage ich zu behaupten, jener privilegierter Personenkreis zu gehören, die per definitionem keinen Beruf nachgehen müssen.

Navarrin – Na gut... Können Sie uns wenigstens den Namen Ihres verstorbenen Mannes nennen?

Margarita – Natürlich. Bernard-Henri, Louis, Philippe, Jean, Baptiste, Mireille, Mathieu de Casteljarnac.

Bordeli – Beruf?

Margarita – Sagen Sie mir nicht, dass Sie diesen Namen noch nie gehört haben...

Navarrin – Wissen Sie, in unserem Beruf sehen wir so viele Menschen...

Bordeli – Also, wenn er keine Vorstrafen hatte...

Margarita – Vorstrafen? Die Leute von Casteljarnac haben keine Vorstrafen, meine Herren, sie haben nur Adelsquartiere. Ich habe fünf, soweit es mich betrifft.

Bordeli – Fünf Stadtteile? Ist das möglich, Boss?

Navarrin – Ich stelle mir vor, es ist wie das vier Viertel Bordeli, aber mit einem Viertel dazu.

Conchita – Wenn wir zu unserem Fall zurückkehren, liebe Frau... Wo haben Sie Ihren Ehemann gefunden?

Margarita – Sie meinen, nach seinem Tod, denke ich?

Conchita – Äh... ja.

Margarita – Im Keller unseres Herrenhauses, im Fitnessbereich...

Bordeli – Cool...

Margarita – In der Sauna.

Navarrin – In der Sauna?

Margarita – Ja, Herr Kommissar. Es ist eine Tragödie. Ein schrecklicher Unfall...

Conchita – Und sind Sie sicher, dass er tot ist?

Margarita – Nun, zunächst habe ich sein Verschwinden nicht bemerkt. Sein Jaguar war nicht in der Garage. Ich dachte, er wäre ausgegangen. Erst als gegen zehn Uhr dreißig heute Morgen aufgestanden bin...

Conchita – Heute Morgen?

Margarita – Ja, stellen Sie sich vor. Der arme Kerl ist jetzt seit mehr als zwölf Stunden in der Sauna.

Bordeli – Also, sie sind also sicher, dass er tot ist.

Margarita – Es ist schwer zu sagen. Man konnten als zu viel nicht erkennen. Durch das kleine Sichtfenster sieht man nur Nebel. Und ein paar Spuren von Nägeln auf dem Glas. Nein, nein, ich glaube nicht, dass jemand das überleben kann. Erst recht nicht mein Bernard-Henri. Er hatte doch ein schwaches Herz.

Conchita – Und Sie haben nicht versucht, ihn da herauszuholen?

Margarita – Natürlich. Anscheinend steckt die Saunatür fest. Sie muss von der Hitze geschwollen sein... was weiß ich... Anstatt einen Pannendienst zu alarmieren, habe ich es vorgezogen, mich an die richtigen kompetenten Leute zu wenden und die Polizei vor Ort zu benachrichtigen.

Navarrin – Das haben Sie gut gemacht, liebe Frau... Inspektor Bordeli wird Sie zum nächsten Büro bringen, um Ihre Aussage aufzunehmen. Und wir werden eine Spezialistin zu Ihrem Haus schicken, um die Faktenlage festzustellen...

Margarita – Vielen Dank, Herr Kommissar.

Bordeli – Madame la Baronne, wenn es Ihnen nichts ausmacht...

Bordeli geht mit Margarita hinaus.

Navarrin – Eine Baronin... das fehlte uns noch!

Conchita – Was halten Sie von diesem Fall, Herr Kommissar?

Navarrin – Dieser Fall? Was für ein Fall? A priori ist es nur ein häuslicher Unfall, oder?

Conchita – Ich weiß nicht... Ich finde es verdächtig, diese Saunageschichte.

Navarrin – Es ist wahr, dass es nicht trivial ist, aber gut. Sterben an einem Herzinfarkt in einer Sauna oder durch Verschlucken einer Muschel in einem Restaurant... *(Conchita sieht ihn finster an)* Entschuldigung, ich wollte keine schmerzhaften Erinnerungen aufwecken...

Conchita – In beiden Fällen glaube ich nicht an die These des Unfalls.

Navarrin – Ich verstehe, dass Sie heute etwas nervös sind, aber der Schmerz führt Sie in die Irre. Sie dürfen das Böse nicht überall sehen, Ramirez.

Conchita – Ach ja? Ich dachte jedoch, es sei unsere Aufgabe, alle zu verdächtigen...

Navarrin – Für Sie ist also jede unschuldige Person ein Täter, der es nicht weiß?

Conchita – Ein Mann, der über Nacht in einer Sauna eingesperrt ist, findet Sie das nicht seltsam?

Navarrin – Sie haben recht... Die Sauna war von innen geschlossen... Es ist wahr, dass es eine gute Story für eine Polizeikomödie wäre...

Delatruffe kommt besorgt zurück.

Delatruffe – Ich habe gerade mit der Baronin von Casteljarnac gesprochen. Sie ist hier, um den Tod ihres Mannes anzuzeigen.

Navarrin – Sie werden doch nicht auch noch damit anfangen? Ein alter Mann, der in einer Sauna an einem Herzinfarkt stirbt! Das ist doch keine Staatsaffäre!

Delatruffe – Sie verstehen nicht, Navarrin. Wir bewegen uns hier auf sehr dünnem Eis! Bernard-Henri de Casteljarnac, das ist nicht irgendjemand!

Navarrin – Ach ja? Und wer ist er genau?

Delatruffe – Jetzt sagen Sie bloß, Sie haben noch nie von Bernard-Henri de Casteljarnac gehört?

Navarrin – Es sagt mir vage etwas... Aber wofür ist er genau berühmt?

Delatruffe – Äh, das weiß ich jetzt auch nicht so genau. Aber auf jeden Fall sehen wir ihn sehr oft im Fernsehen.

Conchita – Das ist sicher der Grund, warum er sehr bekannt ist.

Navarrin – Zu meiner Zeit waren wir im Fernsehen, weil wir berühmt waren, jetzt sind wir berühmt, weil wir im Fernsehen sind...

Delatruffe – Ich habe versucht, in dieser Angelegenheit den Staatsanwalt Löschwasser zu kontaktieren, um ihm die Sachlage zu schildern und einen Rat einzuholen. Aber sein Handy ist ausgeschaltet.

Conchita – Der Anwalt Löschwasser? Ist das sein richtiger Name?

Navarrin – In jedem Fall ist es ein vorherbestimmter Name. Sobald ein peinlicher Fall auftaucht, wird er geschickt, um das Feuer zu löschen.

Delatruffe – Wie auch immer, Navarrin, ich möchte, dass Sie in dieser Angelegenheit mit äußerster Diskretion ermitteln.

Navarrin – Und ich hatte gehofft, meine Karriere auf einem hohen Niveau zu beenden...

Delatruffe – Ach jetzt hören Sie schon auf, Navarrin. Ich weiß, dass das Ihr letzter Tag ist. Ich habe übrigens mit dem Staatsanwalt wegen des Ordens der Ehrenlegion für Sie gesprochen und er möchte deswegen den Minister kontaktieren.

Conchita – Wenn Sie mir gestatten, Frau Polizeipräsidentin, möchte ich Kommissar Navarrin bei dieser Untersuchung unterstützen.

Delatruffe – Das ist eine großartige Idee, Ramirez. Es macht Ihnen doch nichts aus, Navarrin? Das ist eine wunderbare Gelegenheit, ihrer jungen Kollegin aufs Pferd zu helfen.

Navarrin – Sie meinen, dass es eine Gelegenheit für sie sein wird, mich zu überwachen und Ihnen Bericht zu erstatten...

Delatruffe – Auch das. Wir haben es mit wichtigen Leuten zu tun, mit Prominente sozusagen, verstehen Sie Navarrin.

Navarrin – Ja, ich habe verstanden. Bekannte Leute. Keine gewöhnlichen Prozessparteien. Je nachdem, ob Sie mächtig oder elend sind, wird man durch Gerichtsurteile weiß oder schwarz...

Delatruffe – Ich bin durchaus im Bilder über Ihre manchmal etwas unorthodoxen Ermittlungsmethoden. Ganz zu schweigen von denen Bordelis. Ich bin mir sicher, dass diese junge Kollegin in der Lage sein wird, in diesem Fall mit dem entsprechenden Fingerspitzengefühl zu ermitteln.

Conchita – In diesem Fall gehe ich sofort zum Tatort, Madame Polizeipräsidentin.

Delatruffe – Tun Sie das. Und ich erwarte, dass Sie mit äußerster Sensibilität vorgehen, Ramirez.

Conchita geht hinaus.

Navarrin – Sie kommen auf mich zu mit einem so sensiblem Fall und das ein paar Stunden vor der Pensionierung?

Delatruffe – Ach was! Wo denken Sie hin... ich habe das nur gesagt, um ihr Vertrauen zu gewinnen.

Navarrin – Ich mache Witze, Delatruffe. Diese Geschichte interessiert mich nicht wirklich. Aber wenn ich diesem armen Mädchen ein bisschen helfen kann, die Tortur zu überwinden, die sie durchmacht...

Delatruffe – Ich glaube, der Tod ihres Vaters hat sie wirklich erschüttert. Deshalb bin ich froh, dass sie ihr bei ihrem ersten Fall unter die Arme greifen. Glauben Sie, wir können ihr vertrauen?

Navarrin – Das Blut lügt nicht...

Delatruffe – Ich weiß nicht, ob mich das beruhigen kann. Ihr Vater starb, als er sich an einer Muschel verschluckte...

Delatruffe geht hinaus. Navarrin seufzt. Und fängt an, den Inhalt seiner Schubladen in einen Karton zu packen.

Schwarz.

Akt 2

Navarrin legt seine Sachen weiterhin in seine Kiste. Bordeli kehrt zurück.

Navarrin – Was für einen Krempel man doch in einer dreißigjährigen Karriere so einsammelt, Bordeli... (*Er zeigt etwas, das in einen transparenten Film gewickelt ist*). Hier, in der untersten Schublade, ganz unten, fand ich sogar ein Kilo Cannabis, das ich völlig vergessen hatte.

Bordeli – Zum Glück haben Sie Ihre Schublade nicht vor unsere neue Kollegin Ramirez aufgeräumt. Sie hätte noch etwas gegen unsere Arbeitsweise gefunden, worüber sie sich beschweren könnte.

Navarrin – Ich möchte gern wissen, was Ihr Nachfolger in den Schubladen Ihres Schreibtisches finden wird, wenn Sie in Pension gehen, Bordeli.

Bordeli – Hauptsächlich leere Flaschen. Sie kennen mich, Boss. Ich fasse keine Drogen an.

Bordeli nimmt einen neuen Schluck. Navarrin schnüffelt an dem Päckchen.

Navarrin – Ich weiß nicht, ob es noch gut ist.

Bordeli – Ist auf der Packung kein Verfallsdatum angegeben?

Navarrin sieht mechanisch hin.

Navarrin – Ich werde es vielleicht als Andenken behalten...

Er packt das Paket in seine Schachtel.

Bordeli – Sie haben recht. Im Ruhestand haben Sie immer ein oder zwei Krebsfreunde, für die ein wenig medizinisches Cannabis ein großer Trost sein kann. Wenn man eine Freude machen kann...

Navarrin – Vielen Dank für Ihre Unterstützung, Bordeli. Es geht direkt ins Herz.

Bordeli – Ich werde Sie vermissen, Navarrin. Ich dachte es nicht, Ihnen das eines Tages zu sagen, aber nachdem ich weiß, wer Sie ersetzen wird.

Navarrin – Ja, es sieht so aus, als hätte unsere Conchita Sie schon gefressen.

Bordeli – Ja. Ich weiß auch nicht, warum. Ich scheine keinen guten Eindruck auf sie gemacht zu haben, Boss...

Navarrin – Ach, übrigens. Die Vorbereitungen für den Umtrunk heute Abend haben Sie gut gemacht. Hat eine ganze Weile gedauert, bis ich herausgefunden habe, wo Sie die Flaschen versteckt haben?

Bordeli – Wie haben Sie es erraten?

Navarrin – Nun, es ist ganz einfach. Ich habe mich einfach vorgestellt, wo ich sie wohl verstecken würde.

Bordeli – Und Sie sind direkt in die Leichenhalle gegangen. Sie sind auf jeden Fall ein großartiger Bulle, Boss.

Navarrin – Ja! Und jetzt, habe ich Sie nun dazu gebracht zu verraten, wo Sie den Champagner aufbewahrt haben, von dem ich keine Ahnung hatte.

Bordeli – Was den Champagner angeht, könnten Sie ein klein wenig enttäuscht sein.

Navarrin – Ist es Schaumwein?

Bordeli – Schlimmer noch.

Navarrin – Aber nicht Apfelwein? Ich weiß, dass das Polizeibudget stetig sinkt, aber ich hätte nicht gedacht, dass Delatruffe mir eine solche Demütigung zufügen würde...

Bordeli – Jedenfalls habe ich Ihnen nichts gesagt. Versuchen Sie, vor Delatruffe den Überraschten zu spielen. Okay?

Navarrin – Ein großer Bulle ist vor allem ein guter Schauspieler. Was haben Sie übrigens mit der Baronin gemacht?

Bordeli – Ich gab ihr mit der Klatschpresse ein paar Schläge ins Gesicht, um sie zum Geständnis zu bewegen, aber sie wollte mir nichts sagen.

Navarrin – Um was zu gestehen?

Bordeli – Ich weiß es nicht. Ich habe ihr keine Fragen gestellt. Ich habe ein bisschen mit spontanen Geständnissen gerechnet.

Navarrin – Mein Gott, Bordeli. Sie haben sie zumindest nicht in Gewahrsam genommen. Sie wissen genau, dass wir dazu die Zustimmung der Staatsanwaltschaft Löschwasser benötigen.

Bordeli – Sie trinkt Tee mit Delatruffe.

Navarrin – Ah! Sanftheit ist manchmal auch gut. Ach, all die lieben alten Damen, deren Geständnis über Sterbehilfe für ihren Mann ich bekommen habe, indem ich ihnen einen Marihuana-Tee und ein paar Spekulatius serviert habe.

Conchita kehrt zurück.

Navarrin – Also, Kommissar Ramirez? Diese Sauna? Ist es gut gelaufen?

Conchita – Ich habe gerade die Leiche zur Autopsie in die Leichenhalle gebracht.

Navarrin – Der Gerichtsmediziner wird uns die genaue Todesursache mitteilen.

Conchita – Übrigens, wozu sind all diese Flaschen Champomy im Kühlraum?

Navarrin – Na sehen Sie, Bordeli. Die Ermittlungen gehen voran. Jetzt wissen wir schon, was wir an meiner Überraschungsfeier trinken werden. Verdammt, Champomy...

Delatruffe kommt herein.

Delatruffe – Reden Sie nicht zu laut, die Baronin ist gleich nebenan in meinem Büro. Stimmt es, dass Bernard-Henri de Casteljarnac tot ist?

Conchita – Wenn es nicht wirklich der Tod ist, ist es sehr ähnlich. Seine Leiche (*Bild*) lag mitten in einer Pfütze (*Bild*). Ich würde sagen, er hat mindestens fünf Liter verloren.

Delatruffe – Blut nehme ich an?

Conchita – Nein, nein, Schweiß. Kein normaler Mensch kann überleben, wenn er so viel Wasser verloren hat...

Bordeli – Es ist wahr, ich habe mir nie die Frage gestellt... Blut, da wissen wir mehr oder weniger, es sind ungefähr fünf Liter pro Person. Aber wie viele Liter Wasser kann ein menschlicher Körper enthalten?

Navarrin – Der Mensch besteht zu 60 % aus Wasser. Es müssen ungefähr fünfzig Liter sein.

Bordeli – Fünfzig Liter?

Navarrin – In Ihrem Fall weniger, Bordeli, seien Sie versichert... Außerdem rate ich dem Pathologen während der Autopsie nicht zu rauchen, angesichts der Menge Alkohol, die Sie zu sich genommen haben.

Delatruffe – Aber was hat den Baron dazu gebracht? Ich meine, weiß jedes Kind doch, dass man sich nicht länger als eine halbe Stunde in einer Sauna aufhalten sollte.

Conchita – Nach meinen ersten Beobachtungen blieb er drinnen eingesperrt. Ich musste die Tür (*Bild*) aufbrechen, um ihn da herauszuholen.

Bordeli – Was für ein schrecklicher Tod. Nie wieder in meinem Leben gehe ich in die Sauna.

Navarrin – Lassen Sie sich trotzdem nicht davon abhalten, von Zeit zu Zeit zu duschen. Meines Wissens ist noch nie jemand in einer Duschkabine ertrunken.

Delatruffe – Wir ermitteln also in Richtung Unfall. Ich für meinen Teil werde so lange wie möglich bei dieser Theorie bleiben.

Conchita – Leider ist es nicht so einfach, Madame Polizeipräsidentin...

Delatruffe – Was noch?

Conchita – Anscheinend hatte der Baron Schlaftabletten genommen.

Delatruffe – Sie meinen also Selbstmord (*geschrieben*)?

Conchita – Die Tür wurde mit starkem Klebstoff eingeschmiert, um ein Öffnen zu verhindern.

Bordeli – Ich sehe das Szenario, Boss: Der Typ schluckt Schlaftabletten und klebt die Saunatür hinter sich zu, um sicherzugehen, dass er nicht zurückkann...

Navarrin – Selbstmord begehen, indem Sie sich selbst freiwillig in eine Sauna einschließen? In dreißig Jahren Karriere habe ich das noch nie gesehen...

Bordeli – Haben Sie eine Tube Klebstoff in den Taschen des Opfers gefunden?

Conchita – Nein.

Navarrin – Also stimmt etwas mit Ihrem Drehbuch nicht, Bordeli.

Conchita – Es sei denn, es ist Mord (*„Selbst-“ durchstreichen*).

Delatruffe – Ach jetzt hören Sie doch auf, Ramirez. Erst Selbstmord, jetzt Mord. Sagen Sie, wollen Sie mir den Nachmittag verderben? Die Theorie vom häuslichen Unfall war mir doch deutlich lieber.

Bordeli – Woher wissen Sie, dass der Baron Schlaftabletten geschluckt hat? Die Autopsie hat noch nicht stattgefunden...

Conchita – Ich habe ein leeres Röhrchen in der Tasche seines Smokings gefunden.

Navarrin – Moment, sein Smoking?

Conchita – Ja! ich habe vergessen, Ihnen dieses Detail zu erzählen. Das Opfer trug einen Smoking.

Bordeli – Ziehen Sie einen Smoking an, um in die Sauna zu gehen, es ist wahr, dass es nicht trivial ist.

Navarrin – Ich denke, dass selbst bei diesen Leuten es nicht üblich ist, ein Schild an der Saunatür zu haben „adäquate Kleidung erwünscht“...

Bordeli – Aber wenn es Selbstmord war, dann wollte er es vielleicht glanzvoll abschließen. Ich meine, es stimmt schon: eine Leiche sieht in einem Smoking deutlich besser aus als ein Bademantel (*Bild*).

Delatruffe – Nun, Bordeli, Leichen tragen keinen Smoking!

Bordeli – Auch das wäre ein super Titel für ein Kriminalroman.

Navarrin – Aber das bringt unsere Untersuchung nicht besonders voran.

Conchita – Oder es unterstreicht die Mordhypothese (*Mord unterstreichen*). Der Mörder lässt ihn diskret eine Schlaftablette mit den Muscheln schlucken, und dann lässt er das leere Röhrchen in der Tasche der Leiche, damit es wie ein Selbstmord aussieht.

Bordeli – Muscheln?

Conchita – Ja, Muscheln (*Bild*). Dies ist es, was mich an einen möglichen Zusammenhang mit einem anderen Fall erinnert...

Delatruffe – Moment, haben wir gebratene Muscheln im Magen des Opfers gefunden?

Conchita zeigt ein Papier.

Conchita – Ich habe eine Restaurantrechnung in seiner Tasche gefunden: La Moule en Folie. Und ich habe ein wenig recherchiert. Es ist ein Restaurant direkt neben einem Theater, nicht weit von hier.

Delatruffe zeigt das Cover von L'Officiel des Spectacles *(Aufführungsliste / Spielplan) oder eine Zeitschrift wie diese.*

Delatruffe – Ja, ein Theater, das zurzeit ein Stück von einem Autor namens Bernard-Henri de Casteljarnac spielt.

Navarrin – Ich wusste gar nichts von Ihrer Leidenschaft für das Theater, Delatruffe...

Delatruffe – Das ist das, was ich soeben aus der Baronin heraus bekommen habe. Übrigens, sie hat mir sogar zwei Freikarten angeboten...

Navarrin – Dieser Fall scheint doch komplizierter zu sein, als ich zunächst dachte...

Delatruffe – Ja! Ich werde erneut versuchen, den Staatsanwalt zu erreichen, um ihn zu fragen, was wir tun sollen.

Delatruffe geht hinaus.

Bordeli – Nein, aber stellen Sie sich das nochmal vor... ein Fitnessbereich im Untergeschoss...

Navarrin – Tja, ich war eigentlich die Meinung, dass diese Privilegien mit der Revolution im Jahr 1789 abgeschafft worden wären...

Conchita – Haben Sie was von der Baronin erfahren können?

Bordeli – Nein, die Alte war so still wie ein Grab.

Conchita – In diesem Fall, werde ich wohl sehen, wo der Gerichtsmediziner bleibt.

Bordeli – Ja! Sie haben recht, die Toten sind oft viel gesprächiger als die Lebenden.

Navarrin – Das stimmt! Wir sagen zwar stumm wie ein Grab, aber glauben Sie meiner Erfahrung, Leichen haben uns oft viel mehr zu erzählen als die Lebenden. Ramirez.

Bordeli – Und sie lügen viel seltener.

Navarrin – Ein Toter wird dich niemals enttäuschen, Ramirez!

Conchita – Vielen Dank für diese wertvolle Information, von denen ich sicher bin... sie wird diese Untersuchung sehr weit voranbringen.

Conchita geht hinaus.

Navarrin – Nun, in diesen letzten Worten schien mir ein Hauch von Ironie aufgefallen zu sein.

Bordeli – Ein kleiner Schluck (Tückelchen), Boss?

Navarrin – Nun, ich höre mich nicht nein sagen. Jetzt, wo ich weiß, dass wir heute Abend dazu verdammt sind, Champomy zu trinken...

Bordeli – Eben. Können wir doch schon genau so gut betrunken zum Abschiedsfeier kommen.

Sie trinken jeweils eine gute Tasse Whisky. Franck Masquelier kommt ins Büro. Er trägt eine ziemlich auffällige Perücke und einen falschen Schnurrbart. Kurz gesagt, er ist offensichtlich verkleidet, und die Tatsache, dass die beiden Polizisten es nicht erkennen, soll Komik sein.

Franck – Verzeihen Sie die Störung, meine Damen und Herren. Ich möchte mich vorstellen, Franck Masquelier, Dramatiker.

Bordeli – Verdammt, ein Dramatiker... heute ist wahrhaftig nicht mein Tag...

Navarrin – Monsieur Masquelier, was können wir für Sie tun?

Franck – Ich habe mich bereits vor einige Tagen über einen gewissen Herrn beschwert, ein Bernard-Henri de Casteljarnac.

Navarrin – In welche Eingelegenheit, wenn ich fragen darf?

Franck – Er plagiierte eines meiner Werke: *Die Wahn-Wache*. Das Stück wird seit einem Monat in einem Theater unweit von hier gespielt.

Navarrin – *Die Wahn-Wache*? Nie gehört von...

Bordeli – Doch, doch Chef! Die ganze Presse ist voll davon. Es ist ein riesiger Flop.

Navarrin – Aber wenn es ein Flop ist, warum ist dann die Presse voll davon?

Franck – Bernard-Henri de Casteljarnac ist sehr prominente Person. Auch wenn das Stück vielleicht ein Schuss in den Ofen ist. Es ist dennoch wert, darüber zu reden.

Navarrin – Also... und wo führt uns das hin?

Franck – Ich habe, wie gesagt, bereits vor einige Tage mit einer Ihre Kollegen über diese Angelegenheit gesprochen, ein Kommissar Ramirez, aber ich habe seitdem keine weitere Rückmeldung erhalten.

Navarrin – Das ist normal, er ist gestorben...

Franck – Baron de Casteljarnac ist tot?

Navarrin – Nein, der Kommissar!

Franck – Ah, Sie haben mich ein ganz schöner Schreck eingejagt...

Bordeli – Endlich ist der Baron auch tot, aber hey...

Navarrin – Das ist momentan noch streng vertraulich ...

Franck – Casteljarnac ist tot? Aber es kann doch gar nicht sein...

Bordeli – Sie wirken ein wenig beunruhig... Sie haben keinen Grund, irgendwas zu bereuen, oder?

Franck – Nein, das ist nur, dass...

Conchita kehrt zurück.

Navarrin – Monsieur Masquelier, darf ich Ihnen vorstellen: Kommissar Ramirez.

Franck – Ich dachte, er wäre tot?

Navarrin – Sie ist seine Tochter...

Franck – Madame, mein aufrichtigste Beileid... Und wie ist er gestorben?

Bordeli – Auch dies ist streng vertraulich.

Franck – Nein, nein. Ich meine den Baron...

Conchita – Das wissen wir noch nicht.

Navarrin – Monsieur Masquelier hier ist Dramatiker und Casteljarnac hat anscheinend eines seiner Stücke plagiiert.

Conchita – Ein Stück?

Franck – *Die Wahn-Wache*. Ihr Vater war mit die Ermittlung beauftragt.

Conchita – Wirklich?

Franck gibt ihm ein Buch und eine DVD.

Franck – Hier ist eine Kopie meines bei Éditions Millefeuilles erschienen Werkes und eine Aufnahme des Casteljarnac-Stücks. Sie können sich selbst überzeugen, dass dies dasselbe Stück ist.

Margarita kommt zurück.

Margarita – Kann mir jetzt bitte endlich mal jemand in diesem Haus sagen, wo mein Mann abgeblieben ist?

Franck sieht sehr überrascht und verlegen aus, sie zu sehen.

Franck – Okay, ich werde euch verlassen...

Navarrin – Das war's... Wir werden es überprüfen und Sie wissen lassen, ob es etwas Neues gibt.

Franck – Danke... Ich muss mich beeilen... Ich habe auf einem Behindertenparkplatz geparkt...

Franck geht.

Conchita – Madame, Ihr Mann ist tot.

Margarita – Ja, das weiß ich doch bereits, Delatruffe hat es mir schon gesagt. Ich bin nur hierher gekommen, weil ich es aus erster Hand hören und sehen wollte.

Navarrin – Ich fürchte, Monsieur le Baron ist momentan nicht zu sehen, liebe Frau.

Conchita – Er ist in der Leichenhalle. Sie sind dabei...

Navarrin – Wir werden nicht versäumen, Sie den Körper sehen zu lassen, sobald sie ihn in die menschliche Form zurückgebracht haben...

Margarita – Ja, gut, gut... ich hoffe, es wird nicht den ganzen Tag dauern. Ich habe einige wichtige Dinge zu erledigen. Unter anderem muss ich mich, um die Kleinigkeit einer Beerdigungsvorbereitung kümmern.

Conchita – Sicher...

Margarita – Und dann muss ich ihn noch einmal sehen. Ich muss sicherstellen, dass er wirklich tot ist. Also, ich meine... damit ich mit der Sache abschließen und endlich beginnen kann zu trauern, das verstehen Sie doch, nicht wahr?

Conchita – Wir verstehen sehr gut, ich versichere Ihnen...

Navarrin – Bordeli, bitte geleiten Sie die Baronin zurück in das Büro von Frau Polizeipräsidentin.

Margarita – Nein, nein, das ist nicht nötig. Machen Sie sich keine Umstände. Ich kenne den Weg... Andererseits, wenn ich vielleicht noch ein kleines Tässchen Tee von Ihnen bekommen könnte...

Navarrin – Wissen Sie was, fragen Sie an der Rezeption, der Wachmann ist ein großartiger Teespezialist.

Sie geht raus.

Bordeli – Sie scheint sich nicht sehr über den Tod ihres Mannes zu ärgern...

Conchita – Also, was habe ich dir gesagt?

Navarrin – Was denn?

Conchita – Dass diese beiden Fälle zusammenhängen!

Navarrin – Was für Fälle?

Conchita – Masquelier und Casteljarnac! Ganz zu schweigen vom Tod meines Vaters...

Bordeli – So sehe ich das Drehbuch, Boss: Masquelier reicht eine Klage gegen Casteljarnac wegen Plagiats ein. Der Vater von Ramirez, der den Fall nicht zu Ende führen konnte, also nimmt Masquelier selbst die Sache in die Hand, indem er seinen Plagiator in eine Sauna einsperrt, und zwar bis zum Tod.

Conchita – Und warum meinen Sie, so aufwendig?

Bordeli – Stirb heiß in einer Sauna, wenn man gerade einen Schuss in den Ofen gemacht hat... Es muss eine symbolische Dimension geben, die uns entgeht...

Navarrin – Sie hätten Theaterstücke schreiben sollen, Bordeli. Aber in Ihrer Geschichte stimmt noch etwas nicht. Warum sollte Masquelier kurz nach der Ermordung von Casteljarnac zur Polizeistation kommen?

Conchita – Als Ablenkungsmanöver. Indem er den Unschuldigen spielt. Wenn ich nicht als Täter gesehen werden will, gebe ich mich als Opfer aus.

Navarrin übergibt Bordeli das Buch und die DVD.

Navarrin – Wissen Sie was, Bordeli. Sie müssen sich das hier einfach nur anschauen, Sie sind hier Drehbuchexperte. Und wir werden noch einmal darüber reden, okay?

Bordeli – Ok, Boss.

Conchita – In der Zeit werde ich etwas über Casteljarnac herausfinden... Dieser Typ scheint mir undurchsichtig...

Sie holt einen Laptop heraus und tippt darauf. Delatruffe kommt an.

Delatruffe – So! Wie weit sind wir jetzt?

Navarrin – Ja, die Ermittlungen gehen voran. Wir schreiten voran, Delatruffe, es geht vorwärts. Die Untersuchung ist voll im Gange. Es sei denn, der Anwalt Löschwasser hätte die Leiche schon zur Beerdigung freigegeben?

Delatruffe – Nein, ich habe ihn immer noch nicht erreichen können.

Navarrin (*ironisch*) – Vielleicht ist er ja im Urlaub... Beantragen Sie die Rückführung im Hubschrauber. Die Republik ist in Gefahr, Delatruffe!

Delatruffe – Es ist nicht witzig, Navarrin! Ich bin sehr verärgert, denn Bernard-Henri de Casteljarnac sollte eigentlich unseren derzeitigen Kulturminister ersetzen.

Navarrin – Wie? Unser Kulturminister ist zurückgetreten?

Delatruffe – Nein. Das muss jetzt aber unter uns bleiben. Wir haben soeben herausgefunden, dass der Kulturminister Analphabet ist.

Navarrin – Ich dachte, er hätte ein Doktortitel in Politikwissenschaft?

Delatruffe – Ach was, alles erstunken und erlogen. Er hat nie eine Universität von innen gesehen. Er behauptet, er habe eine Schulphobie. Wir müssen ihn zum Rücktritt zwingen, bevor der Skandal publik wird.

Conchita schaut von ihrem Bildschirm auf.

Conchita – In diesem Fall können wir uns freuen, dass es nicht Casteljarnac ist, der ihn ersetzt...

Delatruffe – Wie meinen Sie das, Ramirez?

Conchita – Dieser Typ ist ein professioneller Gauner.

Delatruffe – Also bitte, wie kommen Sie darauf, dass er ein Gauner ist?

Conchita – Zunächst einmal ist er nicht mehr Baron als ich Marquise.

Navarrin – Sind Sie keine Marquise? Ich meine... Ist Baron de Casteljarnac nicht ein Baron?

Conchita – Es ist nicht einmal sein richtiger Name.

Delatruffe – Aber es kann doch überhaupt nicht sein! Ich bitte Sie. Er ist ein enger Freund des Staatsanwalts Löschwasser. Er war sogar sein Trauzeuge.

Conchita – Er nahm den Namen seiner Frau an, als er sie heiratete. In Wirklichkeit war er nur der Ehemann der Baronin.

Delatruffe – Es ist ja heutzutage nicht verboten, den Namen seiner Ehefrau anzunehmen, oder? Wie kommen Sie also auf diese absurde Idee, dass er ein Gauner ist?

Conchita – Er schuldet jedem Geld. Er ist an einem Dutzend Gerichtsverfahren beteiligt.

Delatruffe – Solange er nicht verurteilt wurde...

Conchita – Nur weil er jedes Mal Berufung eingelegt hat... Betrug, falsche Rechnungen, Steuerhinterziehung.

Navarrin – Und jetzt Plagiat...

Conchita – Er hat die ganze Welt unter verschiedenen Pseudonymen an der Nase herumgeführt.

Navarrin schaut auf den Computerbildschirm.

Navarrin – Bernard-Henri... Schau, es steht dort geschrieben! Er hat es sogar geschafft, sich als Philosoph auszugeben...

Conchita – Dieser Typ ist ein Lügner! Ein Illusionist! Er würde seine Mutter verkaufen, nur um 20 Uhr im Fernsehen zu sein!

Delatruffe – Wegen all dieser wunderbaren Eigenschaften haben wir ja auch gedacht, er sei die Idealbesetzung für den Ministerposten.

Bordeli schaut auf.

Bordeli – Ja, das ist es! Es ist das gleiche Stück, Boss. Es ist genau die gleiche Geschichte.

Navarrin – Und worum geht es dabei?

Bordeli – Es ist ein ziemlich undurchsichtiger Polizeifall, der unserem aktuellen Fall sehr ähnlich ist.

Navarrin – Das heißt?

Bordeli – Ein Typ wird tot in einer Sauna gefunden... und ein Bulle, der stirbt, weil er sich an einer Muschel verschluckt hat...

Conchita – Bingo!

Delatruffe – Was ist jetzt schon wieder, Ramirez? Sie werden mir langsam unheimlich.

Conchita – Der Typ, der gerade hier raus gegangen ist, könnte der Mörder des Barons sein.

Navarrin – Und warum das?

Conchita – Weil Masquelier und Casteljarnac die gleiche Person sind!

Navarrin – Was? Wie haben Sie das herausgefunden?

Bordeli – Gesichtserkennung?

Navarrin – Interpol?

Bordeli – Fingerabdrücke?

Conchita – Wikipedia. Schauen Sie! Franck Masquelier. Es war der Name von Casteljarnac, bevor er den Namen seiner Frau annahm.

Bordeli – Masquelier, ist das der Mädchenname von Bernard-Henri?

Delatruffe – Wer bitte schön ist jetzt schon wieder Franck Masquelier?

Navarrin – Franck Masquelier ist ein Dramatiker, der den Baron beschuldigte, eines seiner Werke plagiiert zu haben.

Delatruffe – Und er erstattet Anzeige gegen sich selbst?

Navarrin – Der Gipfel des Betruges: Anzeige gegen sich selbst auf Schadensersatz, um sich zu bereichern...

Conchita schaut wieder auf ihren Computerbildschirm.

Conchita – Die angebliche Baronin von Casteljarnac ist ein ehemaliger Pornostar. Sie hat ihr Vermögen mit der Produktion von billigen Sex-Filmen in den 80er verdient.

Navarrin – Ihr Busen kam mir gleich so bekannt vor...

Bordeli – Eine Baronin, die in Sex-Filmen mitspielt... Wo kommen wir hin, wenn wir uns heutzutage nicht einmal auf den Adel verlassen können, um die moralische Ordnung zu wahren.

Conchita – Adel... So ein Unsinn... Sie erhielt ihren Titel gleichzeitig mit einer Burgruine, die sie für die Leibrente eines Blinden gekauft hatte, der unter verdächtigen Umständen vorzeitig gestorben ist.

Kurze Pause.

Delatruffe – Also, wenn Franck Masquelier und Bernard-Henri de Casteljarnac ein und dieselbe Person sind...

Navarrin – Dann lebt der Baron noch. Masquelier ist gerade hier rausgegangen!

Bordeli – Aber, wer ist der Typ, den wir in einem Smoking in der Sauna gefunden haben?

Schwarz

Akt 3

Navarrin und Bordeli kommen an und ziehen ihre Regenmäntel aus.

Navarrin – Eines der wenigen Dinge, die ich ab morgen an vermissen werde, Bordeli.

Bordeli – Unsere gemeinsamen romantischen Mittagessen, Boss?

Navarrin – Meine Restaurantgutscheine.

Bordeli – Sie können sich Ihre Mahlzeiten jederzeit vom Rathaus nach Hause liefern lassen.

Navarrin – Dieses kleine Restaurant, das war sehr schön. Ich kannte es gar nicht. Wie heißt das noch?

Bordeli – La Moule en Folie.

Navarrin – Genau. La Moule en Folie. Das Essen war auf jeden Fall sehr gut.

Bordeli – Muscheln mit Pommes sind immer gut.

Navarrin – Wenn die Muscheln frisch sind, Bordeli.

Bordeli – Und unter der Bedingung, sich dabei nicht zu verschlucken...

Navarrin – Das stimmt, ich hatte es vergessen. Hier starb Ramirez. Erstickt.

Bordeli – Zum Glück ist es uns nicht beim Mittagessen eingefallen, es hätte uns ganz schön der Appetit verdorben.

Navarrin – Ja, betrachten wir also unser romantisches Mittagessen in La Moule en Folie als kleine unfreiwillige Pilgerfahrt.

Bordeli – Eine letzte Hommage an unseren verstorbenen Kollegen, der uns sehr am Herzen lag. Da wir vergessen hatten, zu seiner Beerdigung zu gehen...

Navarrins Telefon klingelt.

Navarrin (*nehmt ab*) – Navarrin, ich höre? Ja, Frau Polizeipräsidentin... Sehr gut, Frau Polizeipräsidentin... Bis gleich. (*Legt auf*) Delatruffe kommt, um die Leiche zu identifizieren...

Bordeli – Was denken Sie, Boss?

Navarrin – Was ich persönlich denke? Nun, nach einem guten Essen schaue ich mir lieber ein hübsches Mädchen an, als eine Leiche. Ich fürchte, dass dieses grausige Schauspiel meiner Verdauung nicht helfen wird. Hoffentlich waren die Muscheln frisch.

Bordeli – Nein, ich meinte, was halten Sie von diesem Fall?

Navarrin – Ah, ja... Dieser Fall... Nun, ich denke, Bordeli, Sie hatten recht. Diese Geschichte entwickelt sich langsam zu einer echten Seifenoper. Ein Melodram, das dem „Boulevard du Crime" würdig wäre...

Bordeli – Wenn Sie im Ruhestand sind, können Sie immer noch ein Theaterstück daraus machen.

Navarrin – Nun, warten wir ab bis zum Ende, Bordeli, um herauszufinden, ob es sich lohnt, es zu schreiben...

Kurze Pause.

Bordeli – Kann ich Ihnen etwas anvertrauen, Boss?

Navarrin – Was denn?

Bordeli – Ich weiß nicht, wie ich Ihnen es sagen soll, aber... Es ist ein bisschen peinlich... Manchmal habe ich das Gefühl, wir werden beobachtet.

Navarrin – Wir? Von wem?

Bordeli geht auf die Bühne.

Bordeli – Ja, ich weiß nicht... von Leute, die dort im Dunkeln sitzen. Wie durch den durchsichtigen Spiegel eines Verhörraums...

Navarrin – Ach ja...

Bordeli – Sie haben ihren Platz bezahlt, und sie erwarten, dass wir ihnen eine Geschichte erzählen, deren Ende wir selbst nicht kennen.

Navarrin – Sie sollten mit dem Whisky aufhören, Bordeli. Sie werden völlig paranoid...

Bordeli – Haben Sie jemals bemerkt, dass dieser Raum nur drei Wände hat?

Navarrin – Welcher Raum?

Bordeli – Der, in dem wir spielen! Ich meine, in der wir sind.

Navarrin – Sie machen mir wirklich Sorgen, Bordeli. Wenn Sie das Gefühl haben, von riesigen Käfern verfolgt zu werden, lassen Sie es mich wissen. Ich rufe das Krankenhaus an und lasse Sie abholen.

Bordeli – Unwahrscheinlich, Chef, Delirium tremens lauert auf Alkoholiker, die aufhören zu trinken. (*Bordeli trinkt aus dem Flachmann*)

Navarrin – In diesem Fall bin ich beruhigt...

Delatruffe kommt in Begleitung von Margarita.

Delatruffe – Ich weiß, es wird jetzt ein schwerer Gang, Madame la Baronne. Auch mir fällt es immer noch schwer, einen Toten anzusehen.

Margarita – Nun, ich könnte mir vorstellen, dass angesichts Ihres Berufes dies gar nicht so einfach ist...

Delatruffe – Trotzdem muss ich Sie nun bitten, ihren Mann zu identifizieren.

Margarita – Leider gibt es kaum Raum für Zweifel... Aber da es nun mal vorgeschrieben ist, wollen wir dann meine Pflicht Genüge tun, nicht wahr?

Delatruffe – Ja! Gewöhnlich ist das eine reine Formsache, in der Tat...

Margarita – Können Sie mich bitte erklären, was Sie mit „für Gewöhnlich" meinen?

Conchita kommt mit einen Liege vor sich herrollend, auf der unter einem weißen Laken der Körper eines (sehr großen) Mannes ruht, dessen Füße aus dem Laken herausragen. Er trägt Quastenmokassins.

Margarita – Kann bitte jemand verraten, was das soll? Ist das ein übel Scherz? Sagen Sie soll das ein Witz?

Delatruffe – Wie soll das ein Witz sein?

Margarita – Das ist nicht mein Ehemann!

Navarrin – Nun, Ihr Schmerz verzerrt Ihre Wahrnehmung, gnädige Frau, das ist verständlich. Aber warten Sie wenigstens, bis Sie sein Gesicht gesehen haben...

Margarita – Ich sage es schon bereits, das ist nicht mein Ehemann. Bernard-Henri war im Leben noch nicht so groß! Selbst wenn ich keine Absetze trug, ging er mir gerade bis hierhin. Und vor allem meine Herren... und Damen...

Conchita – Was denn?

Margarita – Ich hätte niemals einen Mann geheiratet, der Latschen trägt und darüber hinaus mit der Fußhygiene nicht so ernst zu nehmen scheint!

Bordeli (*wachsam*) – Verwechseln Sie den Geruch vom vergammelten Fleisch nicht mit Käsefüßen?

Conchita – Ich werde Sie trotzdem bitten, sich sein Gesicht anzusehen.

Conchita hebt eine Ecke des Lakens. Margarita kommt herüber, schaut sich um und bleibt versteinert.

Margarita (*betroffen*) – Oh mein Gott!

Delatruffe – Ist er Ihr Ehemann?

Margarita (*kalt*) – Nein! Sagte ich schon bereits.

Conchita – Trotzdem wirken Sie nicht erleichtert aus.

Bordeli – Sieht so aus, als würden Sie es bedauern, keine Witwe zu sein.

Navarrin – Kennen Sie diesen Mann?

Margarita – Mein Güte wie oft denn noch? Ich versichere Ihnen... nein, ich schwöre Ihnen, dass ich diesen Kerl in meinem Leben noch nicht gesehen habe.

Delatruffe – Das recht jetzt, Bordeli! Schaffen Sie uns von diesem Schrecken von Hals. Bringen Sie es ihn raus... Ich frage mich, ob seine Füße zu Lebzeiten auch schon so gestunken haben.

Bordeli geht mit dem Karren.

Margarita – Oh! Ich glaube, ich werde ohnmächtig...

Margarita fällt rückwärts in den Armen Navarrin, er halte sie/sich fest an Ihre Brust

Delatruffe – Navarrin! Lassen Sie das! Kommen Sie, Baronin, kommen Sie! Auch mir ist es nah gegangen. Sie können jetzt sicherlich eine kleine Stärkung gebrauchen.

Sie öffnet eine Schublade in Bordelis Büro, nimmt die Flasche Whisky und gießt eine Tasse ein, die sie Margarita gibt.

Navarrin (*zum Publikum*) – Selbstverständlich ist Alkohol in Polizeistationen strengstens verboten, aber für diese Art von Anlässen haben wir immer eine Flasche in der Schublade...

Margarita trinkt das Whisky-Glas auf ex. Delatruffe nimmt auch eine Tasse und tut dasselbe.

Margarita – Oh, Kerl war es lecker! Ich könnte gerne einen weiteren Schluck vertragen...

Delatruffe schenkt nach. Und sie leert das Glas auf ex wieder. Bordeli kommt.

Bordeli – Boss! Ich habe das Fleisch zurück in den Kühlschrank gebracht... neben den Champony-Flaschen... (*Sie sieht die Baronin, die ihren Whisky trinkt.*) Hallo! Geht's noch, tun Sie sich keinen Zwang an...

Delatruffe – Madame, kommen Sie mit in mein Büro, ich werde Ihre Aussage selbst aufnehmen. Übrigens, die gute Nachricht ist, nun da der Tote nicht Ihr Ehemann ist, sind Sie auch keine Witwe.

Margarita – Ach ja, stimmt. Jetzt wo Sie es sagen... Oh! Was für ein großes Glück ich doch habe. Ach, du liebe Güte...

Delatruffe geht mit Margarita. Bordeli bemerkt, dass die Flasche fast leer ist.

Bordeli – Haben Sie das gesehen, Boss? Ein zwölfjähriger spanischer Whisky!

Conchita – Ich bin sicher, sie kennt das Opfer.

Navarrin – Es bleibt abzuwarten, wer die Leiche ist...

Conchita – Und was er im Smoking in der Sauna der Baronin tat...

Masquelier kommt mit einer Aktentasche in der Hand zurück.

Franck – Verzeihen Sie mir, dass ich Sie wieder stören muss...

Navarrin – Oh Gott, ein Geist!

Franck (*verlegen*) – Ja, ich gebe es zu. Es geht um den Tod von Baron de Casteljarnac.

Conchita – Ihre Witwe ist gleich nebenan. Wir rufen sie an, Sie können ihr Ihr Beileid aussprechen...

Bordeli – Es sei denn, Monsieur ist auch gekommen, um die Leiche zu identifizieren?

Franck – Okay, ich gebe zu. Ich bin der Ehemann der Baronin...

Navarrin – Sie sind also nicht tot.

Franck – Ganz offensichtlich nicht.

Conchita – Und warum haben Sie sich wegen des Plagiats beschwert?

Franck – Für die Werbung!

Conchita – Werbung?

Franck – Ja, für die Werbung! Wissen Sie ganz unter uns gesagt, das Stück ist ein Schuss in den Ofen... Ein Plagiatsfall, der sorgt immer für guten Verkauf... Man sagt, wenn das Stück plagiiert wurde, ist es, weil es das verdient hat. Es ist also ein gutes Stück.

Bordeli – Die Argumentation ist ein bisschen verrückt, aber im sich schlüssig. Macht Sinn.

Navarrin – Und wer sagt uns, dass Sie nicht mehr lügen?

Conchita – Ja, was beweist uns, dass Sie wirklich Baron de Casteljarnac sind?

Franck nimmt seinen falschen Schnurrbart und seine Perücke ab.

Franck – Wissen Sie, nur die großen Autoren werden plagiiert. Und so ein Bernard-Henri - niemand wäre auf die Idee gekommen, eines seiner Werke zu plagiieren...

Delatruffe kommt mit Margarita.

Delatruffe – Ich begleite Madame la Baronne zu ihrem Auto...

Margarita sieht Masquelier.

Margarita (*aus der Rolle*) – Ach du Scheiße, mein Mann!

Franck – Ja... Ich bin es, Margarita, mein Schatz!

Margarita – Verdammt! Ich meine ... (*sich fangen, wieder in der Rolle*) Oh! Wie ist das nur möglich?

Franck – Ich bin es, Margarita. Ich bin kein Geist. Ich bin nicht tot.

Margarita – Oh mein Gott, ich glaube, ich werde ohnmächtig.

Die Baronin gibt vor, ohnmächtig zu werden. Ihr Mann eilt, um sie in die Arme zu nehmen.

Bordeli – Ich bin zu Tränen gerührt.

Navarrin – Ja, wir könnten fast daran glauben...

Delatruffe – Wir werden die beiden für diese bewegende Wiedersehensszene ein Moment alleine lassen.

Sie gehen raus. Margarita findet sofort zu sich wieder.

Margarita (*Franck lässt Margarita aus dem Boden fallen*) – Verdammt auch... Mann (*sie steht auf*) Und wie findest du mich?

Franck – Ja? Gut, sehr gut.

Margarita – Ist das alles?

Franck – Nein, Du bist ein hervorragender Schauspieler. Das versichere ich dir.

Margarita – Ja allerdings! Ich habe noch nie zuvor eine verdammte Baronin gespielt. Es ist eine anspruchsvolle Rolle.

Franck – Ja, genau...

Margarita – Was denn?

Franck – Findest du nicht, du übertreibst ein wenig?

Margarita – Findest du?

Franck – „Oh, mein Mann! Ich glaube, ich werde ohnmächtig"... Es steht nicht im Text...

Margarita – Meine Güte! Ich werde nächste Mal versuchen, etwas zurückhaltender zu sein.

Franck – Danke schön... Und du, wie findest du das Stück?

Margarita – Ja? Gut, sehr gut.

Franck – Ich spüre einen kleinen Vorbehalt.

Margarita – Nein, es ist originell. Ja, es hat einige originell Passage.

Franck – Weiter...?

Margarita – Es ist nicht sehr realistisch, oder?

Franck – Warum nicht?

Margarita – Entschuldige mal! Dieser sterbende Idiot ist in einer Sauna eingesperrt, weil jemand die Tür mit Superkleber verklebt hat...

Franck – Zumindest gab es das noch nie.

Margarita – Ja... warum wohl?... Und übrigens, mittlerweile bin ich nicht sicher, ob ich alles verstanden habe. Am Ende war ich es, der ihn getötet hat, dieser Typ, ja oder nein?

Franck – Warten Sie bis zum Ende, dann wirst du es schon sehen. Sie werden sehen.

Margarita – Bist du sicher, dass du es kennst? Das Ende?

Franck – Sicher ja, mach dir keine Sorgen. Okay, gehen wir zurück? Die anderen kommen zurück!

Margarita – Okay... (*wieder in die Rolle*) Natürlich mein Lieber!

Navarrin, Conchita und Bordeli kommen zurück.

Navarrin – Bringen Sie Madame la Baronne nach nebenan, Bordeli. Ich denke, wir haben uns noch ein paar Dinge zu sagen... Aber zuerst möchte ich mit ihrem Ehemann sprechen...

Bordeli nimmt Margarita mit.

Margarita – Hey, Hände weg, Schätzchen! (*aus der Rolle, dann sich fangen*) Oh! Ich meine, meine Liebe, ich wäre Ihnen sehr verbunden, wenn Sie solche Berührungen in der Zukunft unterlassen könnten.

Bordeli – Ich habe gerade Ihre Filmografie auf YouTube rezensiert und damals waren Sie nicht so kontaktscheu. Was ist der Film, mit dem Sie Ihre Schauspielkarriere begonnen haben?

Conchita (*anderswo*) – La Moule en Folie...

Bordeli – Sind Sie auch ein Filmfan?

Conchita – Ich spreche von diesem Fischrestaurant neben dem Theater. Alle, die direkt oder indirekt an dieser Angelegenheit beteiligt sind, stehen auf Muscheln und Pommes. Finden Sie es nicht komisch, Navarrin? Navarrin!

Navarrin starrt auf Margaritas Brüste, als er seinen Namen hört..

Navarrin – Navarrin, ich höre?

Conchita sieht ihn bestürzt an. Bordeli und Margarita gehen.

Conchita – Also... unter uns, Casteljarnac?

Navarrin – Es sei denn, Sie möchten lieber mit Ihrem Mädchennamen angesprochen werden?

Conchita – Wie wäre es, wenn Sie uns verraten, wer die Leiche in Smoking ist, die wir in Ihrer Sauna gefunden haben?

Franck – Ich habe keinen blassen Schimmern, ich schwöre.

Navarrin – Genau, spielen Sie unschuldig...

Conchita – War er der Liebhaber Ihrer Frau?

Franck – Schätzchen! Das sind die Dinge, die ein Ehemann zuletzt erfährt...

Navarrin – Der gehörnten Ehemann, der den Liebhaber seiner Frau loswerden will. Ein großer Klassiker unter den Boulevardstücken.

Franck – Nein, nein. Ich habe Ihnen alles gesagt, was ich weiß... Ich bin vielleicht ein Betrüger, aber ich bin kein Mörder.

Delatruffe kommt zurück, gefolgt von Bordeli.

Delatruffe – Herr Baron, sind Sie es wirklich?

Franck – Meine liebe Freundin, zu Ihren Diensten...

Delatruffe – Ich habe Ihr Theaterstück noch nicht gesehen, aber ich habe schon sehr viel Gutes darüber gehört.

Franck – Wirklich?

Delatruffe – Madame la Baronne war so nett, mir zwei Freikarten zu schenken, und...

Navarrin – Können wir diese Befragung weitermachen, wenn Sie mit Ihrer privaten Angelegenheit fertig sind?

Delatruffe – Aber natürlich, Herr Kommissar.

Conchita – Was haben Sie in dieser Aktentasche?

Franck – Nichts, das versichere ich Ihnen.

Navarrin (*zeigt seine Karte*) – Polizei, machen Sie auf.

Masquelier gibt ungern nach. Conchita untersucht den Inhalt der Aktentasche und führt eine Bestandsaufnahme durch.

Conchita – Schauen Sie das an: Gefälschte Ausweise, gefälschte Kreditkarten, gefälschte Sozialversicherungs-karten...

Navarrin – Es gibt sogar eine Karte der Gewerkschaft der Theaterschaffenden.

Franck – Ah nein, die ist echt, ich schwöre.

Delatruffe – Meine Güte! Schauen Sie mal hier. Es gibt sogar gefälschte Diplome.

Franck – Ja, wissen Sie, aufgrund meiner fehlenden Fähigkeit, Charaktere im Theater zu erschaffen, erschaffe ich sie im reale Leben... Es ist kein Verbrechen.

Navarrin – Betrug und Falschaussagen? Natürlich ist das ein Verbrechen.

Bordeli – Außer in Kriegszeiten und wenn Sie auf der sicheren Seite sind. Aber das ist nur bekannt, wenn der Krieg vorbei ist. Und es kommt hauptsächlich darauf an, wer den Krieg gewonnen hat...

Conchita holt ein Notizbuch heraus.

Conchita – Ist das Ihre Kundenliste?

Franck nickt schweigend.

Conchita – Ein echte Prominentenliste...

Franck – Ich versuche, Freunden in Not zu helfen...

Conchita – Navarrin, Schauen Sie sich das an. Minister, Richter, Staatsanwälte... Es gibt sogar Polizisten...

Navarrin – Kein Scherz?

Conchita – Nein... Das glaube ich nicht.

Delatruffe – Was noch?

Conchita – Halten Sie sich fest... Löschwasser ist auf der Liste.

Delatruffe – Der Staatsanwalt von Löschwasser?

Conchita – Es war dieser Betrüge, der ihm auch ein gefälschtes Diplom verliehen hat!

Bordeli – Aber beachten Sie, wie voll die Hörsäle sind, vielleicht sollte man darüber nachdenken, ob man nicht diesen Betrüger ehe eine Ehrenmedaille für seine Arbeit verleiht.

Delatruffe ist am Boden zerstört.

Delatruffe – Löschwasser, ein Betrüger...

Navarrin – Es ist wahr, dass Sie davon träumen... Fünf oder sechs Jahre Hochschulausbildung, die mit einem einfachen Federstrich erledigt werden.

Bordeli – Ich wäre gern Airline-Pilot geworden, aber das Studium war mir zu lang. Wenn ich damals das Glück gehabt hätte, diesen Typen zu treffen, wäre ich heute vielleicht keine Alkoholikerin...

Conchita – Nein, Sie wären ein Pilot der Whiskey-Air-Fluggesellschaft.

Delatruffe – Ein falscher Staatsanwalt. Ich fasse es einfach nicht, wo soll das denn noch enden?

Navarrin – Ja...

Conchita – Aber stellen Sie sich das vor! Löschwasser ist seit 30 Jahren rechtswidrig ohne Diplom tätig.

Franck – Ja, aber es ist bei weitem nicht so schlimm, wie wenn er Chirurg wäre... oder Gynäkologe ...

Navarrin – Dann ist das kein Wunder, dass Löschwasser immer gerufen wird, wenn etwas vertuscht werden soll

Conchita – Bordeli, führen Sie ihn ab.

Bordeli geht mit Masquelier aus.

Delatruffe (*verstört*) – Meine Güte! Dieser Fall wird immer heikler. Ich sollte eigentlich mit der Staatsanwaltschaft zu Mittag essen, aber was soll ich denen denn jetzt erzählen?

Conchita – Mittagessen mit Löschwasser?

Delatruffe – In einem Muschel-Pommes-Restaurant...

Conchita – La Moule en Folie, nehme ich an...

Delatruffe – Woher wissen Sie das?

Conchita – Wie wäre es, wenn Löschwasser versucht hätte, Masquelier zu ermorden, um ihn zum Schweigen zu bringen?

Navarrin – Es steht Masquelier ist ein Gauner. Er erpresst den Staatsanwalt. Letztendlich beschließt er, ihn zu beseitigen.

Conchita – Und bringt den falschen um.

Bordeli kehrt mit der Leiche auf dem Wagen zurück.

Navarrin – Bordeli, können Sie aufhören, mit diesem Wagen zu spielen? Langsam wird es nervig...

Bordeli – Löschwasser ist nicht der Täter, Boss.

Delatruffe – Das höre ich gern, aber wie kommen Sie darauf?

Bordeli – Weil er das Opfer ist. Die Leiche in einem Smoking in der Sauna ist Löschwasser...

Bordeli hebt eine Ecke des Lakens

Delatruffe – Oh mein Gott, Herr Staatsanwalt!

Sie alle nähern sich dem Wagen, um die Beweise zu sehen.

Schwarz.

Akt 4

Befragungsatmosphäre. Margarita sitzt vor Navarrin und Conchita. Navarrin hebt erneut eine Ecke des Lakens an, die die Leiche auf dem Wagen bedeckt.

Navarrin – Sie behaupten, dass Sie diesen Mann nicht kennen?

Margarita – Seien Sie nicht schüchtern. Nennen Sie mich eine Lügnerin!

Conchita – Wie erklären Sie die Tatsache, dass sein Körper in einem Smoking in Ihrer Sauna gefunden wurde?

Margarita – Ach, wissen Sie. Es gibt äußerst dumme Todesfälle. Erst kürzlich habe ich von jemandem gehört, der durch Verschlucken einer Muschel gestorben ist.

Conchita explodiert (aus der Haut fahren).

Conchita – Ich werde sie kriegen...

Margarita – Ich warne Sie, ich kenne den Kulturminister persönlich.

Conchita – Nur, weil es Ihr Gauner von Mann war, der ihm sein falsches Zeugnis ausgestellt hat?

Navarrin – Beruhigen Sie Sich, Ramirez. Lassen Sie es mich machen... Madame la Barone, kennen Sie zufällig einen guten Augenarzt, der Sie nicht sechs Monate warten lässt, bevor Sie einen Termin bekommen?

Margarita – Natürlich mein Lieber. Ganz zufällig kenne ich ein. Er wohnt direkt gegenüber meiner Stadtwohnung. Eine Koryphäe auf sein Gebiet. Wenn Sie möchten, gebe ich Ihnen seine Telefonnummer. Sie rufen ihn an und berufen sich auf mich.

Navarrin – Es wäre sehr nett von Ihnen, Margarita...

Conchita – Entschuldigung, was hat das bitte mit unserem Fall zu tun, Herr Kommissar?

Navarrin – Gar nichts. Es ist lediglich eine Technik, um Vertrauen aufzubauen. Und dann, Margarita, möchte ich gern eine Brille machen lassen, solange ich noch eine Zusatzversicherung haben...

Margarita – Es ist wahrlich skandalös, wie wenig die gesetzlichen Krankenkassen heute zuzahlen, in besonders wenn um Sehhilfe geht...

Conchita scheint geduldig zu sein.

Conchita – Madame de Casteljarnac, betrügen Sie Ihren Ehemann?

Margarita – Meine Liebe, das ist keine Frage, die man einer Frau von Welt stellen sollte.

Conchita – Ich erinnere Sie daran, dass Sie ein Vermögen gemacht haben, indem Sie in Sex-Filmen mitgespielt haben.

Margarita – Ja, und! Da es nur im Film geschah, habe ich im Grund genommen nicht betrogen. So einfach ist das.

Conchita – Lassen Sie mich also direkter sein: War der Mann, den wir in Ihrer Sauna gefunden haben, Ihr Liebhaber?

Margarita – Nun gut! Ab jetzt, werde ich kein Wort ohne meinen Anwalt mehr sagen. Meine Lippen sind versiegelt.

Navarrin – Na Bravo: Sie haben es geschafft, Ramirez. Dank Ihre Hilfe, jetzt ist sie eingeschnappt.

Conchita (*zu Margarita*) – Dann kann sie im Büro nebenan auf ihren Anwalt warten... Ab mit Ihnen, raus.

Margarita hüllt sich in ihre beleidigte Würde. Bordeli kommt mit dem Trauerkranz an, den er auf die Leiche des Staatsanwalts legt.

Margarita – Sie wissen nicht, mit wem Sie sich einlegt haben, Schätzchen. Sie werden von mir hören.

Conchita – Zumindest sind wir uns darin einig... Sie geben vor, Teil des Amtsadels mit Robe zu sein, aber in den Filmen, in denen Sie auftreten, tragen Sie die nicht oft...

Margarita – Sie sind lächerlich und unter meine Würde... Unglaublich!(*geht ab*)

Margarita geht theatralisch und vergisst ihren Geldbeutel.

Bordeli – Es ist wahr. Dieses teuflische Paar ist ziemlich schwer zu definieren... Es scheint, dass jeder von ihnen sowohl von Doktor Mabuse als auch von Mister Hyde abstammt.

Conchita wirft einen Blick auf den Trauerkranz.

Conchita – Was zum Teufel machen Sie damit?

Bordeli – Ich dachte, es wäre eine gute Idee, unserem verstorbenen Kollegen und Freund eine letzte Ehre zu erweisen... *(Wachsam)* Wissen Sie, Ramirez, es gibt zwei Arten von Prozessanwälten: diejenigen, die das Gesetz gut kennen, und diejenigen, die den Richter gut kennen. Und ich verspreche Ihnen, wer Löschwasser gut kannte, wird es bereuen.

Navarrin – Bordeli, anstatt zu philosophieren, gehen Sie, und bringen Sie den Staatsanwalt zurück in den Kühlraum. Es ist langsam wie die Gerechtigkeit in Frankreich, es fängt an, ein wenig zu riechen.

Bordeli – Okay, Boss.

Bordeli nimmt den Wagen. Delatruffe kehrt zurück.

Delatruffe – Ich habe dem Direktor Bericht erstattet. Er ist sehr besorgt und möchte, dass wir in dieser Angelegenheit äußerst diskret sind.

Navarrin – Und ich mache mir besonders Sorgen um meinen Orden der Ehrenlegion. Ich hoffe, dass Löschwasser die Gelegenheit hatte, mit dem Minister zu sprechen, bevor er starb...

Delatruffe – Was haben Sie aus der Baronin herausbekommen?

Navarrin – Gar nichts. Sie wollte doch nicht einmal ihr Alter zuzugeben.

Delatruffe – Ja, das kann ich mich vorstellen. Sie wird niemals zugeben, dass der Staatsanwalt Löschwasser ihr Geliebter war. Aber weiß doch jedes Kind, dass er ein sehr heißer Feger ist. Er versuchte überall zu landen. Sogar bei mir - wenn ich denn gewollt hätte.

Navarrin – Aber das weiß doch jeder, Frau Polizeipräsidentin, dass Sie sich nicht hoch geschlafen haben. Sonst hätten Sie niemals die Position erreicht, die Sie heute besetzen...

Bordeli kommt zurück.

Bordeli – Ja, Ja! Löschwasser... Immer startbereit, um die Feuer der Begierde zu löschen.

Navarrin – Zweifellos eine weitere verborgene Bedeutung dieses schicksalsträchtigen Namens.

Conchita – Erklärt uns trotzdem nichts darüber aus, was er in einem Smoking in der Sauna der Baronin tat.

Bordeli – Liebhaber verstecken sich oft in Schränken, warum nicht in einer Sauna...

Navarrin – Aber was mir immer noch Problem bereitet, ist diese Sache mit dem Superkleber, Sie nicht?

Masquelier kommt zurück.

Franck – Ja, wenn ich mich ganz kurz anhaken dürfte. Ich gebe gern zu, dass die Idee mit dem Superkleber nicht eine meiner besten Ideen war.

Navarrin – Na und?

Franck – Was wäre, wenn wir sagten, dass die Tür zur Sauna von außen mit einem Hammer und Nägeln verschlossen war?

Bordeli – Ich persönlich bevorzuge diese Idee. Was denken Sie, Boss?

Navarrin – Ja gut. Wenn Sie wollen... (*pause*) Frau Polizeipräsidentin?

Delatruffe untersucht Masqueliers Aktentasche.

Delatruffe – Oh mein Gott... Schauen Sie mal das an. Der Kerl hat sogar das ENA-Diplom des Präsidenten der Republik gefälscht. Promotion France Télévision. Das ist eine Promotion, die es gar nicht gibt! Und dann dieses Foto!

Bordeli geht zu dem Foto hinüber.

Bordeli – Ah ja, sag bloß... und da sind wunderschöne Leute. Es sieht aus wie das vollständige Bild der Regierung auf den Stufen des Elysee-Palastes.

Conchita – Und keiner dieser Leute hat ein Abschlusszeugnis...

Navarrin – Und damit wird es wirklich zu einer Staatsaffäre...

Navarrin nimmt die Tasche der Baronin und dreht sich für einen Moment um, anscheinend um den Inhalt zu untersuchen.

Conchita – Dies ist das Szenario, das ich sehe: Um den Präsidenten der Republik zu schützen, befürwortet der Innenminister die Ermordung des Fälschers, hat aber das falsche Ziel. Es war der Staatsanwalt, Liebhaberin der Baronin, der in der Sauna versteckt war und dachte, es sei ein Schrank.

Delatruffe – Ein Staatsverbrechen, das mit einem Polizeiirrtum endet. Nein! Ramirez, dieses Szenario gefällt mir nicht. Weg damit. Es ist indiskutabel.

Bordeli – Oder die Baronin hat versucht, ihren Ehemann umzubringen und erwischte irrtümlicherweise aus Versehen ihr Liebhaber, der in der Sauna versteckt hat...

Delatruffe – Gut gemacht, Bordeli! So etwas will ich hören!

Navarrin stellt die Tasche ab und kommt zu ihnen zurück.

Navarrin – Das macht es möglich, eine Staatsangelegenheit in eine einfache Nachricht zu verwandeln. Der Präsident bleibt im Amt. Der Innenminister behält seinen Posten. Und ich bekomme meinen Orden der Ehrenlegion.

Delatruffe – Kein Ärger, Ende gut, alles gut!

Conchita – Möchten Sie etwa die Witwe zum Sündenbock machen?

Delatruffe – Ach... (*abfällig*)

Conchita – Und was ist, wenn sie unschuldig ist?

Navarrin – Ein Mord aus Leidenschaft, den kann man immer gut plädieren... Notfalls kann man sich auf flüchtenden Wahnsinn berufen.

Delatruffe – Navarrin, gehen Sie und besorgen Sie mir ein lückenloses und vollständiges Geständnis der Baronin. Ich werde übrigens der Befragung nicht beiwohnen, Sie haben also freie Hand.

Navarrin schnappt sich Margaritas Tasche und gibt vor, sie zu durchsuchen.

Navarrin – Nun, Frau Polizeipräsidentin. Ich denke, Gewalt wird in diesem Fall nicht notwendig sein. Denn schauen Sie einmal, was ich in der Handtasche der Baronin gefunden habe.

Er holt eine Tube starken Leim aus der Tasche.

Conchita – Eine Tube Sekundenkleber! Die Mordwaffe!

Bordeli – Wir haben nicht gesagt, dass die Tür zur Sauna...

Navarrin nimmt einen Hammer und Nägel aus der Tasche.

Navarrin – Und auch... ein Hammer und Nägel!

Delatruffe – Erstaunlich und perfekt! Sollte die Baronin wirklich die Mörderin sein? Das ist ja ganz fantastisch!

Navarrin (*abgewandt von Delatruffe*) – Ich war derjenige, der diese Beweisstücke diskret in der Handtasche der Baronin versteckt hat.

Delatruffe – Sie sehen, Ramirez, das ist doch gute alte Polizeiarbeit. Hier können Sie noch was lernen. Ach, Navarrin! Wir werden Sie vermissen! Beamte wie Sie, die gibt es heutzutage gar nicht mehr.

Das Telefon klingelt. Bordeli nimmt ab.

Bordeli – Ja? Nein? Es ist nicht wahr?

Er legt auf.

Delatruffe – Was noch?

Bordeli – Es war die Leichenhalle. Anscheinend war der Tote nicht ganz tot. Er ist gerade auferstanden!

Delatruffe – Oh mein Gott!

Navarrin – Löschwasser lebt?

Delatruffe – Es ist ein Wunder!

Conchita – Entschuldigung! Ich erinnere Sie alle daran, dass dieser Typ immer noch ein Betrüger ist!

Delatruffe – Also Ramirez, seien Sie jetzt nicht so kleinlich! Ich erinnere Sie daran, dass Jesus zu seiner Zeit auch als Betrüger galt...

Kirchenmusik. Übernatürliche Beleuchtung. Delatruffe fällt auf die Knie und signiert sich.

Schwarz.

Akt 5

Bordeli bringt die mutmaßliche Leiche mit einer Tropfeninfusion auf dem Karren zurück.

Delatruffe – Aber wie ist das denn möglich? Er hat gerade 12 Stunden in einem Kühlraum zugebracht!

Conchita – Anscheint, war der Gerichtsmediziner auch mit falschen Diplomen tätig. In der Tat ist es ein Theaterschauspieler...

Navarrin – Das werden Sie gleich sehen, wir werden feststellen, dass wir alle nur Schauspieler sind...

Bordeli schaut sich die Leiche an.

Delatruffe – Also, so wirklich gut sieht er nicht aus...

Navarrin – Nun die ganze Nacht in einer 90 Grad Sauna, und dann haben wir ihn auf minus 20 direkt in die Leichenhalle gestellt, zwangsläufig hat das ihn heiß und kalt gemacht...

Bordeli – Andererseits war es vielleicht der Thermoschock, der ihn wiederbelebte.

Delatruffe – Und wozu ist der Tropf hier?

Bordeli – Löschwasser hat sein gesamtes Wasser verloren. Fünf Liter Schweiß hat er in der Sauna gelassen. Wir rehydrieren ihn...

Margarita und Franck kehren zurück.

Delatruffe – Ah, Madame la Baronne... Monsieur le Baron...

Franck – Können wir herausfinden, was hier gespielt wird?

Margarita – Sagen Sie, ist mein Anwalt endlich eingetroffen?

Navarrin – Wir haben ihn gerade nach Hause geschickt. Sie brauchen ihn nicht mehr.

Margarita – Wie bitte? Es kann nicht wahr sein! Es ist ganz schön unverschämt, mein Lieber! Sie sind ganz schön dreist!

Navarrin – Seien Sie nicht böse. Margarita, Sie werden sehen, alles wird wieder ganz normal.

Delatruffe – Na ja, zu mindesten annähernd... Also, ich habe gute und schlechte Nachrichten für Sie beide...

Franck – Dann raus damit.

Delatruffe – Der Liebhaber Ihrer Frau lebt noch...

Franck – Welcher Liebhaber?

Margarita – Bitte! Und was sind die guten Nachrichten?

Delatruffe – Deswegen werden Sie nicht wegen versuchten Mordes an Ihrem Ehemann angeklagt...

Franck – Margarita? Schatz! Hast du versucht, mich umzubringen?

Margarita – Aber nein, mein Hasi! Es ist ein dummes Missverständnis. Margarita erkläre es dir nachher...

Delatruffe – Deshalb entschuldige ich mich nun in aller Form bei Ihnen und schlage vor, dass wir diesen Fall, den ja sowieso nie irgendwer verstanden hat, endgültig zu den Akten legen..

Franck – Also sind wir frei?

Navarrin – All dies war letztendlich nur ein schlechtes Stück Boulevard...

Delatruffe – Was jedoch die Grundfesten unserer republikanischen Institutionen erschüttert hat

Conchita – Aber nicht so schnell, Madame Polizeipräsidentin... Wir müssen noch klären, wie mein Vater gestorben ist!

Delatruffe – Warum zweifeln Sie daran, dass er nicht einfach so dumm gestorben ist, wie er gelebt hat?

Conchita – Mein Vater untersuchte diesen Fall und starb in einem Restaurant namens La Moule en Folie, direkt neben dem Theater, in dem das berühmte Stück namens *Die Wahn-Wache* aufgeführt wird. Es kann nicht nur ein Zufall sein.

Navarrin – Wissen Sie was Ramirez! Finden Sie mal raus, wie die Adresse dieses Theaters lautet und wir überprüfen es dann später.

Delatruffe – Aber dann ist es auch wirklich gut, Ramirez. So... Und nun starten wir die Party! Wir feiern den Abschied von Kommissar Navarrin!

Navarrin – Kommen Sie schon, Bordeli, öffnen Sie den Champomy...

Bordeli holt ein paar Flaschen Champomy unter dem Laken hervor, das den Körper auf dem Karren bedeckt. Delatruffe hilft beim Füllen der Gläser.

Delatruffe – Eine kleine Coupette, Madame la Baronne?

Margarita – Sehr gern. Aber bitte nennen Sie mich Margarita.

Delatruffe bietet Franck einen Drink an.

Delatruffe – Monsieur le Baron... Ein Gläschen falschen Champagners?

Franck – Danke... Ich werde so tun, als würde ich es trinken...

Das Telefon klingelt. Navarrin nimmt ab.

Navarrin – Navarrin, ich höre...

Bordeli – Ich werde es nicht vermissen, das zu hören...

Navarrin – Ja, Herr Minister... Sehr gut, Herr Minister... Vielen Dank, Herr Minister... *(Er legt auf)* Liebe Freunde, liebe Kollege, das war der Innenminister, aus dessen Hände ich morgen früh meinen Orden der Ehrenlegion entgegennehmen werde, für Verdienste um die Nation!

Delatruffe – Herzlicher Glückwunsch, Navarrin. Ein Grund mehr, zu feiern.

Conchita – Entschuldigung! Der Innenminister ... Es war dieser Gauner, der falschen Diplome für den Minister fabrizierte!

Delatruffe – Ramirez... Wenn Sie Karriere bei der Polizei machen möchten, dann müssen Sie lernen, über gewisse Dinge hinwegzusehen.

Franck – Außerdem, wenn wir anfangen würden, alle Lügner auszuschließen, dann könnten wir in Frankreich bald keine Regierung mehr bilden!

Navarrin – Ramirez merken Sie sich eines: Gerechtigkeit wird nicht getan, um die Unschuldigen zu schützen, sondern um die Schuldigen vor allzu unfair verfolgt zu bewahren.

Delatruffe – Und außerdem gab es in diesem Fall überhaupt keinen einzigen Toten! Richtig, Ramirez?

Conchita – Mein Vater ist tot...

Bordeli – Wissen Sie, Conchita! Sie werden bald feststellen, dass Waisenkinder nicht nur Nachteile haben.

Navarrin – Ja, genau! Vor allem Waisenkinder der Polizei!Zunächst denke ich, dass wir eine sehr gute Zusammenarbeit haben werden.

Delatruffe hebt sein Glas, um einen Toast auszusprechen.

Delatruffe – Kommissar Ramirez ist tot! Es lebe Kommissarin Ramirez!

Navarrin – Wissen Sie was, Ramirez. Dieser Schreibtisch gehört nun Ihnen. Ihr Vater wäre stolz darauf gewesen, Sie hier zu sehen.

Bordeli – An der Stelle des Toten.

Delatruffe – Noch ein letzter Tipp, Ramirez: Vergessen Sie die Idee, das Kommissariat aufräumen zu wollen.

Navarrin – Und willkommen bei der Polizei! Sie verlieren einen Vater, aber Sie gewinnen eine große Familie.

Sie trinken.

Delatruffe – So! Navarrin, das war also Ihr letzter Fall.

Bordeli – Und was ist mit der Sache von Plagiaten, Boss? Legen wir den Fall einfach zu den Akten?

Navarrin – Wissen Sie was? Alle Autoren sind doch irgendwie Fälscher, Bordeli... Sie sehen, manchmal plagiieren sie sich sogar selbst.

Bordeli – Aber zumindest geben sie nicht vor, uns zu regieren.

Conchita – Kommissar?

Navarrin – Navarrin, ich höre!

Conchita – Ich überprüfte die Adresse des Theaters, in dem *Die Wahn-Wache* spielt. Es ist dasselbe wie das dieser Polizeistation, wo wir sind...

Delatruffe – Sie meinen, wir spielen wir dieses Stück gerade?

Franck – Wie Shakespeare schon sagte: Die ganze Welt ist eine Bühne, und alle Menschen darauf sind Schauspieler...

Margarita – Auf unser aller Meister an!

Sie heben ihre Gläser.

Delatruffe (*mit allen anderen*) – Auf Shakespeare!

Schwarz.

Ende

Zum Autor

Jean-Pierre Martinez, geboren 1955 in Auvers-sur-Oise bei Paris, hat seine ersten Bühnenerfahrungen als Schlagzeuger verschiedener Rockgruppen gemacht. Nach Studium und eigener Lehre von Text- und Bildsemiotik an sozial- und theaterwissenschaftlichen Hochschulen (*Ecole Pratique des Hautes Etudes en Sciences Sociales*, EHESS; *Conservatoire européen d'écriture audiovisuelle*, CEEA) wurde er in der Werbebranche tätig, verfasste nebenher schon bald Drehbücher für das Fernsehen und kehrte schließlich als Theater-Autor und Dramaturg an die Bühne zurück.

Martinez zählt zu den produktivsten und meistgespielten der heutigen Theater- und TV-Drehbuchautoren Frankreichs und des französisch-sprachigen Auslands. Bis dato hat er an die 100 TV-Drehbücher und mehr als 100 Komödien verfasst, von denen einige zu Klassikern geworden sind (*Vendredi 13* o d e r *Strip Poker*). In englischer und spanischer Übersetzung werden seine Theaterstücke regelmäßig auf Bühnen in Nord- und Lateinamerika gespielt. Für den Erfolg der Theaterstücke von Jean-Pierre Martinez steht die Zahl von jährlich über 2.000 Aufführungen seiner Stücke, die inzwischen in 12 Sprachen übersetzt vorliegen – jetzt auch auf Deutsch.

Zum Übersetzer

Guy Sagnes geboren 1967, stammt aus den Cevennen in Südfrankreich. Nach seinem Studium in Montpellier verließ er Frankreich und lebt seit 1987 in Deutschland.

Zwischen 1990 und 2000 agierte er als Regisseur bei dem Jugendtheaterprojekt in Wetzlar. Nach einer Pause nahm er 2007 seine Regiearbeit in Gießen beim Musenkeller Theater Ensemble wieder auf. Jedes Jahr präsentiert er gemeinsam mit dem Ensemble eine neue Produktion auf einer kleinen Bühne.

Januar 2023

La Comédiathèque
comediatheque.net

www.ingramcontent.com/pod-product-compliance
Lightning Source LLC
LaVergne TN
LVHW050620200726
843508LV00010B/1935